SASCHA SAVAS BÖNISCH

Schriftsteller, Verleger & Angehender Schauspieler
www.sascha-sascha-boenisch.com

Die Gier nach dem Adelstitel
Von Prinz Frederic v. Anhalt verstoßen

Achtung Folgender Hinweis!!!
Dieses Werk wurde bewusst nicht
Korrigiert, wer Rechtschreibfehler findet
kann Sie behalten alle Rechtschreibfehler sind
zur Adoption frei gegeben!

SASCHA SAVAS BÖNISCH

Schriftsteller, Verleger& Angehender Schauspieler

www.sascha-sascha-boenisch.com

Die Welt hat genug für jedermanns Bedürfnisse, aber nicht für jedermanns Gier.

(Mahatma Gandhi)

****

Wer der Meinung ist, dass man für Geld alles haben kann, gerät leicht in den Verdacht, dass er für Geld alles zu tun bereit ist.

(Benjamin Franklin)

****

Wir wollen mehr Geld verdienen und würden sofort Bezahltoiletten an Bord einführen. Und wenn uns jemand 5 Pfund zahlt, trage ich den auch da hin und für noch 'nen Fünfer wische ich ihm den Hintern ab.

(Michael O'Leary)

SASCHA SAVAS BÖNISCH

Schriftsteller, Verleger & Angehender Schauspieler
www.sascha-sascha-boenisch.com

Die Gier nach dem Adelstitel
Von Prinz Frederic v. Anhalt verstoßen

Achtung Folgender Hinweis!!!
Dieses Werk wurde bewusst nicht Korrigiert, wer
Rechtschreibfehler findet kann Sie behalten alle
Rechtschreibfehler sind zur Adoption frei gege-
ben!

SASCHA SAVAS BÖNISCH
Schriftsteller, Verleger& Angehender Schauspieler
www.sascha-sascha-boenisch.com

**Achtung Folgender Hinweis!!!
Dieses Werk wurde bewusst nicht Korrigiert, wer Rechtschreibfehler findet kann
Sie behalten alle Rechtschreibfehler sind
zur Adoption frei gegeben!**

Bibliografische Information der Deutschen Nationalbibliothek Die Deutsche Nationalbibliothek verzeich-
net diese Publikation in der Deutschen Nationalbibli-
ografie; detaillierte bibliografische Daten sind im
Internet über http://dnb.dnb.de abrufbar.

© 2015 Autor Sascha Savas Bönisch
Umschlagdesign, Satz, Herstellung & Verlag
BoD - Books on Demand
ISBN: 9783738638493

SASCHA SAVAS BÖNISCH

Schriftsteller, Verleger & Angehender Schauspieler
www.sascha-savas-boenisch.com

Einführung durch den Autor & Verleger

Ein Außergewöhnlicher Kinderwunsch, der nie in Erfüllung geht, der Wunsch nach einem Adligen Vater und die Gier nach dem Adelstitel, von Prinz Frederic von Anhalt verstoßen.

Diese Geschichte beruht sich auf einer wahren Begebenheit, von einem Gesellschaftlich Bürgerlichen Junge, der schon mit 5 Jahren einen Außergewöhnlichen Kinderwunsch hinterher hechelte.

**Achtung Folgender Hinweis!!!
Dieses Werk wurde bewusst nicht
Korrigiert, wer Rechtschreibfehler findet
kann Sie behalten alle Rechtschreibfehler
sind zur Adoption frei gegeben!**

SASCHA SAVAS BÖNISCH

Schriftsteller, Verleger & Angehender Schauspieler
www.sascha-savas-boenisch.com

Der Autor möchte nun in der Autorenwelt neue Wege gehen und veröffentlicht mit diesem Werk das Erste Buch mit Rechtschreibfehlern, keine Korrektur kein Lektorat.

Unter dem Motto

„Die Gesellschaft muss lernen mich so zu akzeptieren wie ich bin, und meine Fehlern mehr Toleranz entgegen zu bringen, wem es nicht passt der muss es ja nicht Kaufen"

Es wurde Bewusst nicht Korrigiert, da der Lernbehinderte Autor für mehr Toleranz und Gesellschaftliche Akzeptanz werben möchte, ich leide neunmal unter einer Rechtschreibung Schwäche und möchte dies nicht mehr Verstecken, wer damit ein Problem hat der muss mein Werk ja nicht kaufen. ES Reicht mir mich hier unterzuordnen.

Konrad Adenauer sagte schon
„nimm die Menschen wie Sie sind anders gibt es nicht"!!

SASCHA SAVAS BÖNISCH

Schriftsteller, Verleger & Angehender Schauspieler
www.sascha-savas-boenisch.com

Wo Glück und Gier nahe bei einander anfängt
Und wir Konsummäßig Gesellschaftlich hinsteuern.

Man ist sich einig, das Gesellschaftlich glück ein doch vielfältiger Begriff ist, und jegliche Lebenssituation in dem es einem gut geht als Glück bezeichnet wird.

Glück fängt an?
wenn man Menschen um sich hat die einem Schätzen, lieben und für einem da sind.

Glück fängt an?
Familie, ein feste Arbeitsplatz und ein Eigenheim.

Glück fängt an?
Wer aus der Reihe tanzt, und nicht der Normen entspricht.

Dass sind die gängigsten Glücksmomente die, die Meisten Menschen leben.

SASCHA SAVAS BÖNISCH

Schriftsteller, Verleger & Angehender Schauspieler
www.sascha-savas-boenisch.com

Gier fängt an?
  Wo Menschen, die sich nicht bodenständigen des
Lebens anpassen können, und Materialem Dinge vor
der Menschlichkeit stellen.

Gier fängt an?
Wer der Meinung ist, dass man für Geld alles haben
kann, kann leicht in den Verdacht geraten, bereit
Zusein für Geld alles zu tun.

Gier fängt an?

Wenn es um Geld geht, gibt's nur ein Schlagwort:
"Mehr!"

**Dies findet man nur bei der Oberschicht oder bei
Größenwahnsinnige gestörte Menschen.**

SASCHA SAVAS BÖNISCH

Schriftsteller, Verleger & Angehender Schauspieler
www.sascha-savas-boenisch.com

Immer mehr und, nie zufrieden mit das was man schon erreicht hat, plagt uns Menschen täglich oder ein Teil der Bevölkerung.

Wie vielfältig man auch ist zufrieden ist der, der in Demut und stärke sein Leben Meistert.

Gern möchte ich mit folgendem Zitat von
(Jean Guéhenno) zu meinem Vorwort in diesem Buch mit

„Arm ist nicht der, der wenig hat, sondern der, der nicht genug bekommen kann."

Dies Abschießen……. ☺

SASCHA SAVAS BÖNISCH

Schriftsteller, Verleger & Angehender Schauspieler

www.sascha-savas-boenisch.com

Ein Spitzeller Kinderwunsch ging nie in erfüllung

In einem kleinen Bürgerlichen Stadt namens „Horst" nahe bei Hannover (Niedersachen)

geht früh Arben die Sonne unter. Als in der Einfamilienhäuser Siedlung, ein kleiner Junge nicht älter als 5 Jahre, sich ins Frische Bändchen legte, und seine Pflegemutter ihm eine Gute Nacht Geschichte vor liste.

Bis seine kleinen Äugelein langsam schließt. Die Mutter las immer leiser bis Sie das Kinderbuch weck legte und den kleinen Jungen einen sanften Kuss auf die Stier gab und ihn im leiste zuflüsterte „ Schlaf gut mein Mausebärchen und Traum etwas Schönes" im gleichen Atemzuge schaltete Sie die Kinderlampe am Nachtisch aus und ging gleise hinaus.

Der keine junge war schon halb in seiner Fantasy Welt und bekam die letzten Gäste seiner Mutter nur nebensächlich so wage mit.

SASCHA SAVAS BÖNISCH

Schriftsteller, Verleger & Angehender Schauspieler

www.sascha-savas-boenisch.com

Er war gefragt, wie nie zu vor, als keiner Prinz stellte er den ganzen Europäischen Hochadel auf dem Kopf.

Seine Fantasy Welten überquerte der kleine Prinz durch Zeit und Türen. Öffentliche Verpflichtungen in der Adelswelt nahm er nur wage in seinen Träumen war, es war nämlich die Divise,

ordentlich etwas zu erleben, den das gute an einer Sogenannten Fantasy Welt ist es doch,   sich es so

SASCHA SAVAS BÖNISCH
Schriftsteller, Verleger & Angehender Schauspieler
www.sascha-savas-boenisch.com

zusammen zu Basteln wie es einem gefehlt, alles Böse und Störenden wird einfach nicht hinein gelassen.

Es waren schöne Kurzausflüge in einer anderen Welt wo der kleine Junge nie herein durfte, eine Welt die die nur wenigen vergönnt wurden, der kleine Junge beneidete die Kinder der Adligen, er verstand nicht warum Sie mit dem öffentlichen Trubel nicht umgehen konnten, warum sie trotz Wohlstand und so

beliebtheitsgrad, doch unzufrieden mit ihrem Schicksal waren. Der kleine junge hätte gern sofort mit ihnen getauscht. Doch am meisten Suchte der kleine Junge in seiner Fantasy Welten nach einem Papa.
Er flog mit seinem kleinen Drachen durch Raum und Zeit.

Dinierte bei den Adligen der jeweiligen Europäischen Adelshäuser nur um den Perfekten Adligen Vater zu finden, die Suche nach seiner fehlenden Hälfte beschäftigte den jungen sehr, dies verarbeitet er in seinen Träumen.

SASCHA SAVAS BÖNISCH

Schriftsteller, Verleger & Angehender Schauspieler
www.sascha-savas-boenisch.com

Am früh morgens geht die Sonne auf.

Als der 5 Jährige Junge, von den Sonnenstrahlen wach wurde setzte er sich auf, und ließ die Beine an der Bettkante herunter baumeln.

Ganz verträumt und noch Müde, reibt er mit seinem Zarten kleinen Händchen, den Augenstaub aus seinen kleinen Äugelein.

Langsam aber sicher gewöhnten sich die großen braunen Augen, an das Sonnenlicht, noch einmal gähnen wartete der junge, auf die Mama.

Die in der Küche schon das Frühstück vorbereitete.

In der Zwischenzeit, leset der kleine junge sein gestrigen Ausflug im Hochadel Revue passieren lassen, um die doch anstrengenden Erlebnisse seinen Lebhaften Träumen zu verarbeiten.

SASCHA SAVAS BÖNISCH

Schriftsteller, Verleger & Angehender Schauspieler
www.sascha-savas-boenisch.com

Dann auch schon kram die Mutter hinein, und machte den kleine Jungen Kindergarten fertig.

Im Kindergarten stand es stehst an der Tagesordnung „Hochadel zu spielen", der kleine aber Pfiffige Junge fand auch immer zwei Blöde die sein Spiel unterstützen und mitspielten.

SASCHA SAVAS BÖNISCH

Schriftsteller, Verleger & Angehender Schauspieler
www.sascha-savas-boenisch.com

Auch nahm der kleine Junge, der überging zu Hälfte Ausländischen Hintergrund besitze, jedoch als ganzer Deutscher sich aufführte und demensprechend auch danach ging.

Schreckte auch nicht davon zurück, Kindern mit Migrantenhintergründe zu dominieren, indem er bei nicht Gehorsamkeit und Abgabe der Königlichen Brot Steuer auch mal eine hinter den Nacken bekommen könnt. (siehe Bild).

SASCHA SAVAS BÖNISCH

Schriftsteller, Verleger & Angehender Schauspieler
www.sascha-savas-boenisch.com

Wie oft saß der kleine 5 Jähriger am Fenster, und Träumte vor sich hin, er hatte eine begehrte Leidenschaft, die für ein 5 Jährigen Junge Gesellschaftlich nicht normal war.

Andere Kinder spielten auf dem Spielplatz sorgenfrei, und rein vor allen Gedanken. Der Junge am Park Rand, der, der in dem klaren blauen Himmel schaute, in Gedanken jedoch abwesend so sein Umfeld war nahm, schottete sich von gleichaltrigen ab.

Wissbegierig, Hechelte der kleine junge Spund, einer Welt hinterher, die für Normal sterblichen nie erreichbar ist.

Es war ein Leben abseits der Normalen Welt, ein Leben voller Luxus, Glimmer und Öffentlichkeit, immer auf der Hut nach Menschen, die mit einem doch Komischen Gerät, was angeblich Menschen einfängt und verewigt zu erhaschen.

SASCHA SAVAS BÖNISCH

Schriftsteller, Verleger & Angehender Schauspieler
www.sascha-savas-boenisch.com

Die ganze Medien und Zeitungen & Magazine fühlen. Der kleine Junge verpasste keine Berichterstattungen über Hochzeiten im Hochadel, er blätterte gern in die sogenannten Omas Zeitungen. Und war immer hin und weg.

Doch ganz besonders konnte man diesen kleinen Jungen damit beeindrucken, in dem man im Urlaub Schlösser besichtigte.

Einmal selber so ein Schloss zu besitzen wahre das größte.

Doch noch mehr wünschte der junge sich eine Adlige Familie.

In der Teenager Zeit, war das Thema Adels erst einmal nebensächlich, viele Persönliche Problem plagten den jungen sehr.

Was jedoch immer etwas Komisch war, der junge fixierte sich auf Haakon von Norwegen, als der Junge 12 wurde, kam er ins Kinderheim.

SASCHA SAVAS BÖNISCH

Schriftsteller, Verleger & Angehender Schauspieler
www.sascha-savas-boenisch.com

Dort erlebte der Junge harte Zeiten, oft waren die sogenannten Fantasy Welten die einigen Rückzugsmomente im Leben diesem Jungen.

In dieser Fantasy Welt war er der ältesten unehrlichen Sohn von Haakon von Norwegen.

Der eines Tages vor den Forte des Heim Stande, und den jungen zu sich nach Hause holte. Ein Leben am Norwegischen Hofe mit allem was dazugehört, die Winterausflüge in den wunderschönen Winterlandschaften Norwegens.

Im Mittepunkt der Norwegischen Königsfamilie , immer der Junge. Es war eine Fantasy Welt die nicht schöner sein konnte.
Immer wenn der Junge Traurig war flüchtete er in diese doch liebevollen Perfekten Welt voller Harmonie und Liebe.

Bis zum 16 Lebensjahr redete der Junge sich immer wieder fest ein, der Sohn von Haakon von Norwegen zu sein, und das er ihn holen würde.

SASCHA SAVAS BÖNISCH
Schriftsteller, Verleger & Angehender Schauspieler
www.sascha-savas-boenisch.com

Was in der Realität völliger Unsinn ist.

Aber der Gedanke und diese Vorstellungen, halfen den zurückgezogenen Jungen durch diese Schwere Zeit.

Dann kram der Pfiffige Junge Teenager auf die Idee, man könnte es ja mal am Schwedischen Königshofe versuchen. !

Da der Teenager mit 5 Jahren die Prinzessin Victoria von Schweden im Fernseher gesehen hatte und sich gleich in sie verliebte, es jedoch mehre Jahre verdrängte, da der Junge den Begriff Liebe noch nicht einordnen konnte. War es klar! Der Junge Teenager musste das Herz der Kronprinzessin erobern.
Mit 18 Jahren schrieb der junge Mann Briefe an die Kronprinzessin Victoria von Schweden.

Erst eins pro Monat jedoch immer auf einer Respektvollen Grundlage.

SASCHA SAVAS BÖNISCH
Schriftsteller, Verleger & Angehender Schauspieler
www.sascha-savas-boenisch.com

Keine abstoßenden und abfälligen Worte, man wollte ja nicht als Stocker oder Spinner abgestempelt werden.

Der Junge versuchte eine Brieffreundschaft zur Kronprinzessin auf zu bauen und eine Antwort hat er bekommen.

KUNGL. HOVSTATERNA

Königl. Schloss Stockholm
28. September 2007

Ihre Königliche Hoheit Kronprinzessin Victoria hat Ihre Glückwünsche zum 30. Geburtstag sehr geschätzt und hat mich beauftragt Ihnen für Ihre Freundlichkeit herzlich zu danken.

Mit freundlichen Grüssen

Anita Söderlind
Sekretärin

24. Februar 2009 saß der junge mann mit ca. 22 Jahren in einer Haupt Fiale der Deutschen Bank AG Göttingen um ein Dispo Kredit für seinen Umzug in die erste eigene Wohnung zu erhalten, als der Junge die Verlobung Bekanntgabe der Kronprinzessin Victoria am TV Bildschirm mittbekommen hatte.

19. Juni 2010 Heiratete Sie einen Daniel, und auch diese Chance Adlig zu werden verlief im Sande.

Pech für den Jungen Glück auf ganzer Linie für die Prinzessin, das war die Hauptsache.

Kurz drauf sah den jungen ein Bericht über Prinz Frederic von Anhalt der für Geld andere adoptierten, der Junge nutze die Chance, und hatte gleich ein gutes Gefühl dabei, er schrieb den Prinzen in Los Angeles an, 2010 kram auch die erste Antwort, des Blau Blütlers aus Los Angeles, es freute ihn das er auch in Deutschland Fans hatte.

Die Fragen wurden direkter, der Junge fragte ihn ob er etwas gegen eine Adoption hätte,

SASCHA SAVAS BÖNISCH

Schriftsteller, Verleger & Angehender Schauspieler
www.sascha-savas-boenisch.com

drauf antwortete der „Blau Blütlers" aus Los Angeles mit Nein, man müsse nach Los Angeles kommen damit man sich kennenlernte. Der junge ließ sich das nicht zwei Mal sagen, er glaubte an den Großen Traum von Amerika wo alles möglich ist, wenn man nur bereit genug ist dran zu glauben und dafür zu Kämpfen.

Trotz Angstzustände und der englischen Sprache nicht mächtig, nahm der Junge seine erste große Reise am 1.3.2011 an und flog nach Los Angeles.

Er Traf Prinz Frederic von Anhalt vor seiner Villa in Beverly Hills wo der (Blau Blütlers) gerade auf dem Sprung zum Krankenhaus führ. Der Pfiffige Junge war ja nicht blöd, er musste von sich erzählen, und tat das frei nach schnauzte, und gab auch Argumente warum er der Richtige ist. Zwar konnte der Junge aus Deutschland nicht mit Glanz und Brunk und einer Bordel Vorgeschichte Punkten so wie die anderen Adoptierten Söhne, doch er sagte zum Prinzen aus Los Angeles.

„ ich mag ja nicht vermögend sein, und habe auch keine Bordel Vorgeschichte, aber dafür wäre ich

SASCHA SAVAS BÖNISCH

Schriftsteller, Verleger & Angehender Schauspieler
www.sascha-savas-boenisch.com

sehr Sozial, man könnte sich auf mich zu 100% Verlassen wenn es um Pflege und für einander da sein wehre" Antwortete der Junge aus Germany.

Was dem Blau Bluters jedoch wenig beeindruckte. Er sagte zu dem Jungen aus Deutschland „ Ich werde mich am Dienstag bei dir melden". Voller Euphorie legte der junge noch nach und hinterließ eine Sektflasche und Feinste (Zigarren aus Havanna) um den **„Blau Blütlers"** zu beeindrucken, und setzte alle Hoffnungen dran.

Lieder flog der Junge Dienstag zurück nach Deutschland, und der Blau Blütlers aus Los Angeles nahm sein Versprechen nicht war und Meldete sich nicht.

Der Junge verließ mit hängendem Kopf das doch so An gepreiste Land der unbeschränkten Möglichkeiten.

Schneiderte alles nur weil der junge nicht vermögend war. Waren seine ehrlichen Worte nichts wert. Verstoßen von Prinz Frederic von Anhalt.! ☺

SASCHA SAVAS BÖNISCH

Schriftsteller, Verleger & Angehender Schauspieler
www.sascha-savas-boenisch.com

<u>Schluss Wort des Autors</u>

Traurig musste der Autor einsehen, dass die finanziellen Voraussetzungen einer Adoption durch Prinz Frederic nicht zu schaffen sind. Der Autor leidet seit Jahren unter Depressionen und seit 2015 sogar unter massiven Depressionen: **„Ich setzte mir jeden Tag neue Aufgaben, damit ich durch meine Einsamkeit, Traurigkeit und Unzufriedenheit nicht zu Grunde gehe."** Das Ziel, 30 Jahre alt zu werden, gibt dem 27-Jährigen jeden Tag Kraft, am Leben zu bleiben und dabei einen sicheren Weg durch die düstere Zeit zu finden. **„Mit meinem Lächeln überspiele ich bei Bekannten und in der Öffentlichkeit gern, wie schlecht es mir wirklich geht. Keinem zur Last zu fallen, ist mir sehr wichtig"**, fügte der Autor mit einem Lächeln hinzu.

In einem Interview sagte der Autor unter Tränen: **„Es geht mir nicht um den Titel, sondern um einen Vater, zu dem ich aufschauen kann und dem ich mit meinen sozial gestrickten Eigenschaften und Einstellungen im Alter stets treu zur Seite stehen kann! Gebraucht und anerkannt zu werden, ist für mich das Wichtigste – für die Familie da zu sein."**